I Am Danny

written and photographed
by
Mia Coulton

I am a lion.

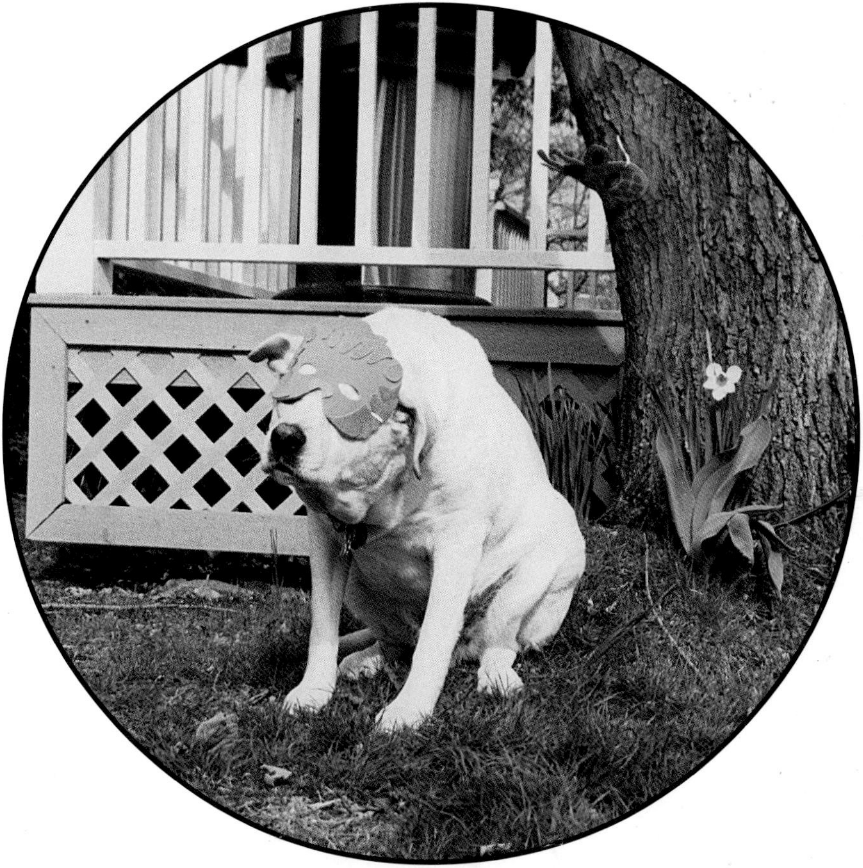

I am a giraffe.

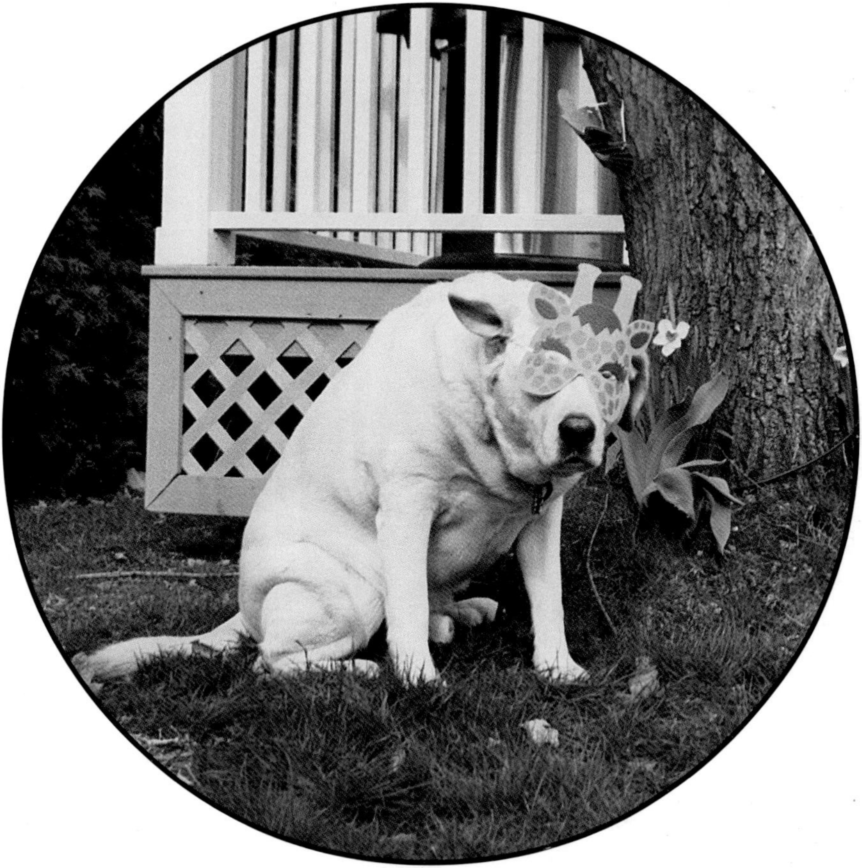

I am a tiger.

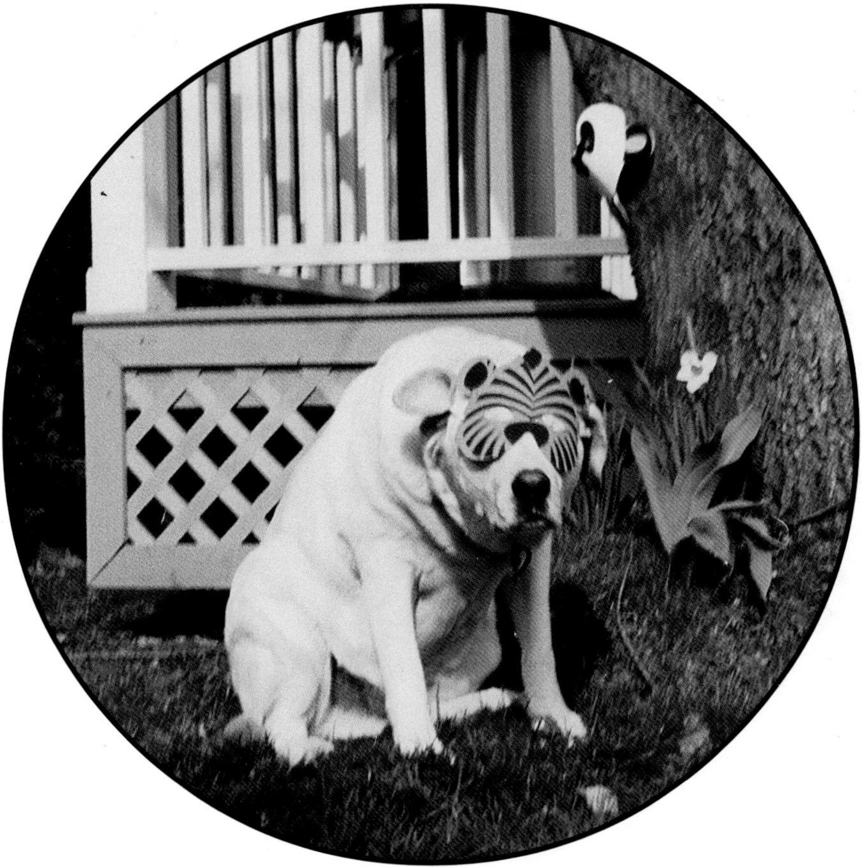

I am a panda.

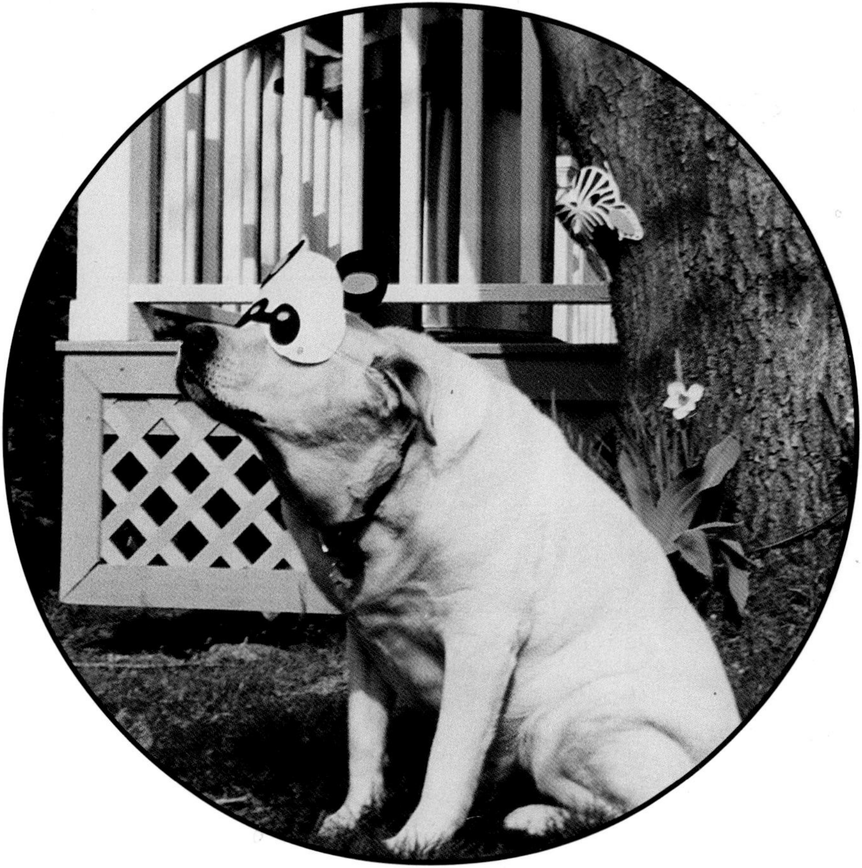

I am a zebra.

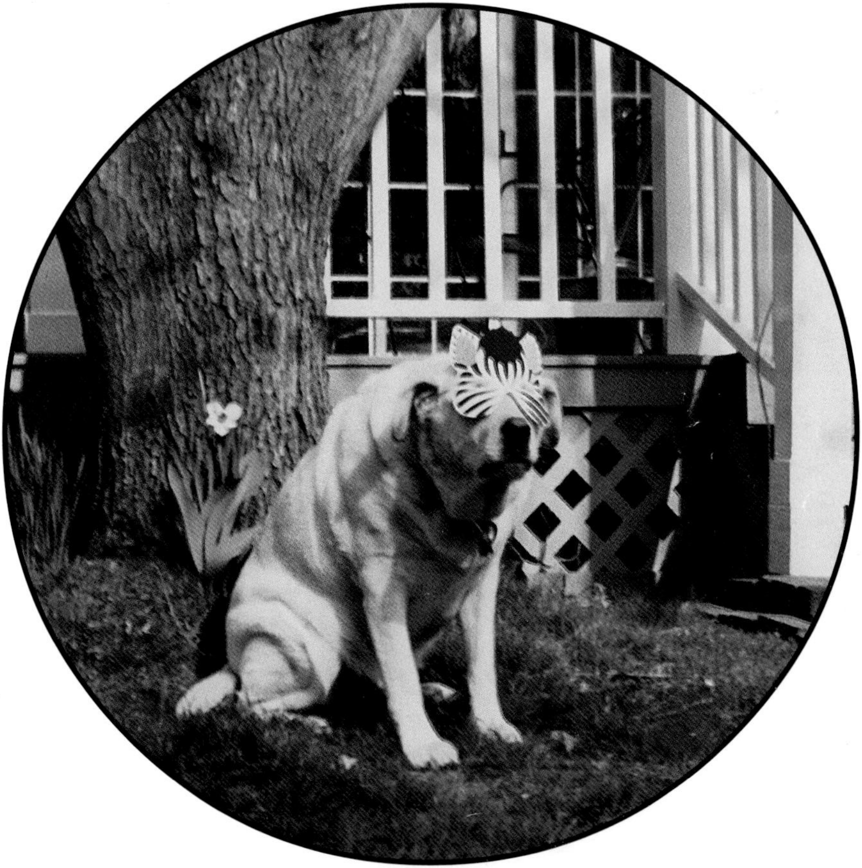

I am Danny.

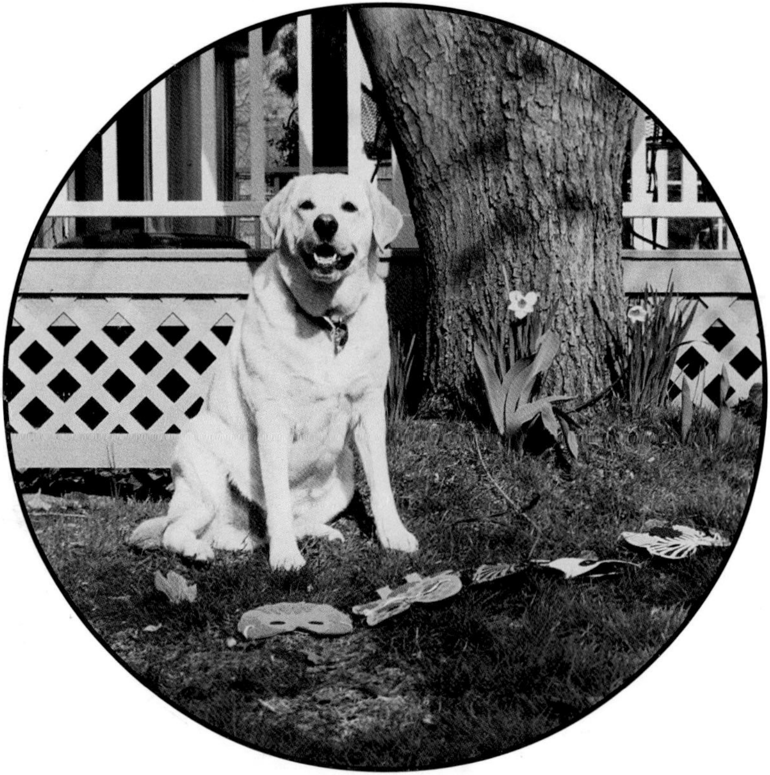